AF233863

LA VÉRITÉ.

M Derly

Pour chanter l'heureux jour qui ranime la France,
De Pindare ou d'Horace il ne faut point la voix,
Le cri d'un peuple heureux est la seule éloquence
   Qui fait parler des Rois.

      GRESSET.

A MONSIEUR

LE VICOMTE MAURICE

DE NIEULANT ET DE POTTELSBERGK, &c.

MONSIEUR,

JE vous dois l'hommage de cet essai ; mes forces n'ont point égalé mon zele, mais mon cœur s'est satisfait.

Quel que soit le sort de cette faible production, je me croirai toujours très-heureux si vous daignez me conserver votre estime, dont je sens plus que jamais tout le prix.

J'ai l'honneur d'être avec un profond respect,

MONSIEUR,

Votre très-humble &
très-obéissant serviteur,
L**** DERCY,
Ancien Secrétaire du feu Comte de Polignac.

LA VÉRITÉ.

En vain vous gémiffez, infortunés Mortels;
Oui, Plutus de Thémis a brifé les Autels :
Et dans fon fanctuaire un Monftre infatiable,
Du pauvre redouté, mais au riche traitable,
Rend des oracles faux en fon nom adoré.
L'Intrigue & la Faveur font pencher à leur gré
Dans fes profanes mains, fon injufte balance;
Et fon glaive odieux a frappé l'Innocence,
Las ! tandis que le Crime échappait à fes coups !
O ! fuprême vengeur, fans doute ton courroux
A nos fiers ennemis abandonne ce Globe?
La Vérité toujours à nos yeux fe dérobe,
Et laiffe triompher le Menfonge impofteur.
Déchire, ô Vérité, le voile de l'erreur :
Defcend, defcend du Ciel, ô Déité propice;
Et conduis avec toi l'éternelle Juftice.

A 3

Nos prieres, nos vœux seraient-ils écoutés?
Oui, les Cieux contre nous ne sont plus irrités.

L'espérance renaît, un jour pur nous éclaire;
Au tumulte succede un calme salutaire.
Quel présage divin ! Quel moment enchanteur!
L'Univers en silence attend un Bienfaiteur.

O Monarque chéri ! délices de la terre !
D'un Peuple qui t'adore, ô le plus tendre Pere !
C'est toi qui nous rendras la paix & le bonheur.
Ah ! cet heureux instant tardait trop à son cœur !...

Eh quoi ! c'est donc en vain que brille sa sagesse ?
Le Mensonge a détruit l'effet de sa tendresse.

Mortels, pour assurer votre félicité,
Il fallait parmi vous l'auguste Vérité,
Le Monarque aussitôt demande à la connaître...
Serait-ce vainement qu'il l'invite à paraître.....?
Quoi ! tout s'oppose au bien que font les Souverains !
Tout seconde un Tiran dans ses cruels desseins!

Craignant la Vérité, l'Imposture & l'Envie
Nous assuraient qu'au Ciel Thémis l'avait suivie:
Que fuyant des Humains le séjour odieux,
Elle ne quittait plus la demeure des Dieux....,
Dans son vol éternel le Temps que rien n'arrête,
A découvert enfin son obscure retraite,
De la conduire au Roi l'orgueil brigue l'honneur;
Cet emploi glorieux s'accorde à la Faveur.

Elle part : & fa fuite eft brillante & nombreufe....
Arrive en un défert l'illuftre Voyageufe.
La Vérité févere, en ces affreux climats,
Refpire en liberté, loin des Mortels ingrats.
Ainfi que la Vertu, cette Déeffe auftere,
Hélas ! n'a plus de temple & d'autels fur la terre.
Une fimple cabane eft fon chétif palais ;
Mais le Crime orgueilleux ne l'habita jamais.

La Vérité paraît, ferait-ce une méprife ?....
O fuperbe Faveur, quelle fut ta furprife !...
L'art de nul ornement ne voilait fa beauté.

« Venez, lui difait-elle, ô fage Déité :
» Le Sceptre vous attend, reprenez votre empire,
» Du Menfonge flatteur le regne enfin expire....
» De vous voir à la Cour ce fera nouveauté ;
» Mais il faut, permettez, moins de fimplicité :
» Plus de graces, de goût alors dans la parure,
» Rehauffez les attraits que donne la Nature....

D'une robe flotante auffitôt la revêt :
La févere Déeffe à regret fe foumet...
La fimple Vérité bientôt n'eft plus la même.
O Déité, telle eft ton infortune extrême !
Chaque Mortel prétend à fon gré te parer.

La Faveur fouriant, dit : « Veuillez m'éclaircr,
» Sans doute, vous avez des ancêtres illuftres ?
» Car il faut être noble au moins de quelques luftres.
» Mais par-tout pour de l'or vous aurez des aïeux

» Portez, en attendant , ces cordons précieux :
» De tous nos Courtifans voilà le feul mérite.
» Avec ces ornemens même un lâche Therfite,
» Se croit un demi-Dieu, fait d'un limon plus pur
» Que les autres Mortels nés dans un rang obfcur.
» Mais bien loin d'ajouter à l'éclat de fa gloire ,
» Le vertueux Héros, que chérit la Victoire,
» Honore l'ordre encor dont il eft décoré.
» Le Trône de nos Rois qui vous eft préparé,
» Ainfi va s'embellir, Déeffe, par vos charmes...
» Venez, venez calmer nos mortelles alarmes.

Elles volaient déja, mais leur char affiégé
Soudain eft arrêté par le fot préjugé;
Ridicule, infenfé, d'une main déliée
Il tenait un hochet & de l'autre une épée.
Tout à-la-fois vieillard, faible & timide Enfant ;
Il chérit, il refpecte en efclave rampant,
De gothiques erreurs, de barbares ufages;
Des lois faites, je crois , pour des Antropophages.

« Un moment... Quelle erreur, ô belle Déité!
» Toujours on redouta la trifte Vérité,
» Aux rivages charmans où la Faveur vous guide....
» A refter en ces lieux, quoi ! rien ne vous décide ?...
» Voulez-vous ce hochet ?... Vous allez ennuyer
» De folâtres enfans qu'il faudrait égayer.
Il dit, & l'Imbécile, en riant, vîte échappe ;
Et de fon fer par-tout, imprudemment il frappe.
Tu trouves, Déité, mille obftacles divers ;
Mais le Menfonge vole & parcourt l'Univers.

Du Peuple les Tirans, de l'Erreur profélites,
Gouverneurs, Intendans & leurs vils fatélites,
Dans fa marche brillante, oferent l'arrêter :
Même à fa liberté voulurent attenter.
Inutiles efforts ! elle pourfuit fa route ....
A fes regards perçans rien n'échappait fans doute.

« Ciel ! que de cruautés ! que d'abus deftructeurs !
» Ceux faits pour protéger font donc perfécuteurs ?

» Quoi ! des Pontifes vains & dont l'orgueil nous bleffe,
» Ont des chars, des palais bâtis pour la molleffe ?
» Bercés par les plaifirs vantent l'auftérité ;
» Sous l'or & les rubis prêchent l'humilité !
» Quoi ! leur ambition criminelle & profonde
» Ne defire pas moins que le Trône du Monde ?
» Ils voulaient ufurper le fuprême pouvoir,
„Pour unir à jamais le fceptre à l'encenfoir.
„Mais cet efpoir, ô Rois ! dans leur cœur fe conferve ,
„Des Miniftres facrés, fans pudeur, fans réferve ;
„Nos Temples profanés ; plus d'offrande & de vœux,
„Les hommes, difent-ils, font irréligieux !
» Révére-t-on l'autel que deffert un Impié ?...

» Quelles vaftes prifons ! ô quelle tyrannie !
» Quoi ! des Vierges en pleurs demandent à grands cris
» Au Ciel la liberté, que, par des vœux furpris,
» Ont fu leur arracher l'intérêt & la haine !...
» Sexe fait pour régner, qui brifera ta chaîne ?
» Captives, que reclame en vain le tendre amour,
» Pour être époufe & mere il vous donna le jour....

A 5

» Rendez à leurs époux ces Vierges éplorées ;
» Méchans , abandonnez ces demeures facrées
» Aux antiques Beautés qu'un tardif repentir
» Conduifit aux autels , regrettant le plaifir.
» Eh ! laiffez-les pleurer la perte de leurs charmes,
» Serait-ce à la candeur à répandre des larmes ?
» Ses éternels foupirs ont fatigué les Cieux.

» Ici des Kalenders, (a) hypocrites heureux,
» Rebut de la Nature & que le fot révere,
» De leur pefant fardeau chargent encor la terre !
» Nourris par l'ignorance & par l'oifiveté,
» Poffedent des tréfors, font vœu de pauvreté !
» Et du Cultivateur dérobant la fubftance,
» Courbés fous le mépris, vivent dans l'abondance !

» Là , des Tigres cruels & de fang altérés,
» Des préfens de Cérès, Dieu ! s'étant emparés ,
» Amenent la famine, & la rage & les crimes,
» De befoin font périr d'innombrables victimes !
» O vils Bourreaux, voués à l'exécration !
» Scélérats impunis ! puiffe la Nation
» Eteindre pour jamais votre race féconde !
» Que le dernier Mortel, fur les débris du monde,
» Prononce avec horreur votre coupable nom !

La Déeffe achevait cette imprécation,
La Chicane hautaine était en fa préfence ;
La Rufe l'entourait & la fauffe Eloquence...

(a) Religieux Turcs. Ils joignent beaucoup de libertinage à de rigoureufes mortifications du corps.

Monſtre abhorré, flétri, que ſuit l'iniquité ;
Et que le ſage fuit : dont la cupidité
Eſt ſemblable au tonneau des triſtes Danaïdes ;
A ſes pieds s'abaiſſaient ſes Miniſtres avides :
Humiliée alors, elle prit un ton doux.

« Si vous nous délaiſſez & ne parlez pour nous,
» Notre empire eſt détruit....Soyez ma protectrice ;
» On me prit ſi long-temps pour l'auguſte Juſtice !
» Mais pour me rappeller à votre ſouvenir,
» De ma robe lugubre, ah ! daignez vous couvrir.

Elle dit : & la robe eſt bientôt attachée,
Et par ſes ennemis la Vérité cachée,
En ſoupirant ainſi ne ſe laiſſait voiler
Que pour montrer leur ruſe & pour les accabler.

» Mais quel Tiran ! (b) il tient à des chaînes peſantes
» Des Eſclaves nombreux, victimes innocentes !....
» O l'Inhumain ! armé de ſon fouet déchirant,
» Sur une peau d'ébêne il fait jaillir le ſang,
» Et des lambeaux de chair que ſoudain il dévore !
» Et pour comble d'horreur, de ce ſang qu'il abhore,
» Dans une coupe d'or il aime à s'abreuver...

La Vérité friſſonne : elle veut l'éprouver.
« Mortel féroce, dis, de quel droit à des hommes
» As tu - donné des fers ? D'un métal quelques ſommes

____

(b) Partiſans de l'eſclavage des Nègres, rougiſſez ; un Mi-
niſtre auſſi grand que ſenſible, eſt touché des ſouffrances de
ces infortunés & s'intéreſſe à leur ſort.

Et toi éloquent Froſſard, ton nom ne mourra jamais.

» Peuvent-elles ravir ainſi la liberté,
» Le plus précieux don de la Divinité ?
» Sont-ce des animaux pour aſſouvir ta rage ?
» Et du Créateur, vois, ne ſont-ils pas l'ouvrage ?...
» Fuis, fuis ces libres bords, & vole au Mont-Jura ;
» Va t'unir aux Tirans que le Cloître enfanta.
» De vos crimes, le Ciel, ne pouvant vous abſoudre,
» Vous exterminera du même trait de foudre.

'Au loin la Vérité vit un audacieux,
Qui, voulant l'arrêter, tremblant & furieux
'A grands pas s'avançait : « Quoi ! ſa main menaçante,
» Couverte encor de ſang, tient une torche ardente !
» Que veut cet aſſaſſin, vomi par les Enfers,
» Et pour notre malheur & troubler l'Univers? ....
» Que, ſous un ſale froc, ſon orgueil eſt étrange !
» Se croit l'égal des Rois & rampe dans la fange.
» Ici Bonze, (c) Derviche, (d) & là Brame (e) ou Fakir (f).
» Du Très-Haut qu'il offenſe il ſe dit le Martyr.
» Portant, pour mieux tromper, la haire, les cilices,
» Et ſous un voile épais cache de honteux vices.
» Juſques au Trône, hélas ! ſa main porta le deuil ;
» Du meilleur des humains il creuſa le cercueil (g).

(c) Prêtre du Japon.

(d) Moine Turc.

(e) Prêtre Indien.

(f) Religieux Mahométan.

(g) Henri IV.

C'était le Fanatifme à l'œil cruel, farouche:
Du Ciel le nom divin eft toujours dans fa bouche:
Il parle de vertu, le crime eft dans fon cœur.

« Je prends les intérets, dit-il, du Créateur.
» Mon ennemi cruel, irréconciliable,
» Voltaire enfin n'eft plus : ce vengeur redoutable
» (Et de la tolérance Apôtre révéré)
» Ofa me défarmer de mon poignard facré.
» Mais il me refte encor cette torche infernale,
» Allumée au Tartare, aux Mortels fi fatale.
» Le feu de mes buchers s'éleva jufqu'aux Cieux ;
» Sur les bors avilis & fuperftitieux,
» Qu'arrofent en fuyant, & le Gange & le Tage.
» Vois, il fume toujours fur ce même rivage.
» La fuperftition & la cupidité
» Alimentent ce feu qu'éteint l'humanité.
» Frémis ! après avoir enfanglanté la terre,
» Je puis incendier ce funefte Hémifphère.

Il fe taît ; mais fon gefte infpire la terreur.
Du fpectre méprifant l'impuiffante fureur,
L'auftere Vérité qui pouvait le confondre,
Détourne fes regards, dédaigne lui répondre.
Auffitôt élevant fon éclatant miroir,
Soudain le fait rentrer fuivi du défefpoir,
Dans le flanc ténébreux qui lui donna la vie.

A pas lents s'avançait la douce Hypocrifie :
Au Ciel levant les yeux, pouffant de longs foupirs ;
Semblait ne défirer que les divins plaifirs...

Sous un manteau facré cache fon corps débile :
Et d'un tiffu trompeur, féduifant & mobile,
Voile fon front hideux, fon œil louche, hagard.
Le mafque qu'elle porte eft fait avec tant d'art,
Que de la Vertu même il peint les traits auguftes.

« O Déeffe, arrêtez.... les hommes font injuftes !
» Dit-elle en foupirant, & d'un ton de Béat.
» Non, la Ville & la Cour n'aiment point votre éclat.
» Pour leur plaire il faudrait vous cacher de ce mafque :
» Peut être je parais ridicule & fantafque ;
» Mais c'eft toujours ainfi qu'au faîte des grandeurs
» Je parvins à monter : qu'aux fuprêmes honneurs,
» Avec humilité, j'ofai même prétendre...
» Souffrez que fur vos traits..pourquoi vous en défendre ?
» L'artifice innocent que le Ciel m'infpira,
» En ce jour eft utile & vous fecondera.

La Faveur appuyait l'odieufe Mégère,
Et le mafque fut mis. Alors baifant la terre,
Et feignant de prier les Cieux qu'elle irritait,
La vile Hypocrifie en fecret triomphait.

O ! tendre Humanité, toi qui veilles fans ceffe
Sur les faibles Mortels, devançant la Déeffe,
Tu lui montrais des corps mutilés, palpitans,
Sur le fein maternel des enfans expirans,
Que de fiers affaffins, dans leurs courfes rapides,
Ecrafaient fans pitié fous leurs chars homicides.

« Mais quel autre tableau douloureux & touchant!
Difait l'Humanité « Ciel, que l'homme eſt méchant!
» Quoi, de faibles vieillards & de ſenſibles meres
» Implorent en tremblant, la pitié de leurs freres; (h)
» Tout-à-coup des boureaux viennent les enlever ;
» Ils mendiaient leur pain. — Vaut-il mieux le voler ?
» On prend ſoin de leurs jours : on leur donne un aſyle.
» Quelle eſt cette pitié fauſſe barbare & vile ?
» Faut-il pour les nourrir leur donner des cachots ?(i)
» Eſt-ce les ſoulager que d'augmenter leurs maux?
» Eh ! quel être à ce prix voudrait encore vivre ?
» De miſère, de faim, nous préférons mourir,
» Et rendre en liberté notre dernier ſoupir.
» On craint les malheureux !-Vous les rendez perfides.
» N'accuſez que vos mœurs de tant de parricides.
» Le pauvre n'ourdit point de lâches trahiſons (k),
» Et n'apprêta jamais de funeſtes poiſons.

(h) Par Indigent on n'entend pas ce malheureux flétri par le crime, que la Juſtice ſouvent laiſſe échapper de ſes fers pour lui donner la liberté de commettre de plus grands forfaits. Quand occupera-t-on ces miſérables ? Au moins rendez leur exiſtence utile. J. J. Rouſſeau diſait : *Il n'y a point de méchant qu'on ne pût rendre bon à quelque choſe.*

(i) Enfin l'on vient d'établir des attelliers de charité où le pauvre eſt occuppé. On ne lui ôtera donc plus la liberté?

(k) Dans ſa belle Epitre au Peuple, l'éloquent Thomas a dit :

Peuple, tu ne fais point par de grands attentats,
Epouvanter la terre & changer les Etats :
Ou, de complots fameux jnſtrument & victime,
Si ta main quelquefois a ſecondé le crime,
C'eſt le ſouffle des Grands qui pouſſe tes Vaiſſeaux
Dans la nuit de l'orage égarés ſur les eaux.

» C'eſt votre luxe affreux & vos Laïs infâmes,
» Qui, portant dans les cœurs de criminelles flâmes,
» Inſpirent les forfaits, les verſent dans le ſein ;
» Font d'un jeune imprudent un cruel aſſaſſin.

Près de l'Humanité marchait la Bienfaiſance.
Sur ſes traces étaient le bonheur, l'abondance.
Elle ſuivait de loin, évitant le grand jour,
Le cortège pompeux qui volait à la Cour ;
Répandant autour d'elle une clarté divine.
En caractère d'or brillaient ſur ſa poitrine,
Tous les glorieux noms d'illuſtres Bienfaiteurs (l) :
Parmi ces noms chéris ſont ceux de ces Paſteurs (m),
Dont le cœur généreux & l'ame paternelle
Viennent de ſe couvrir d'une gloire éternelle...
Au temple révéré de l'Immortalité,
Sur tes traits, Léopold (n), ſon œil eſt arrêté.

(l) Il eſt inutile de nommer ces illuſtres époux, ſi chers aux infortunés ; leurs noms ſont gravés dans tous les cœurs ſenſibles. Une Muſe célébre, M. Darnaud, vient de chanter leur bienfaiſance.

(m) MM. les Curés de ſaint André-des-Arts & de ſainte Marguerite. Un autre Paſteur non moins généreux, s'eſt auſſi diſtingué par ſon active bienfaiſance : c'eſt M. l'Abbé Frizon, Deſſervant de Belleville.

(n) Le Prince Léopold de Brunſwick qui a péri dans les eaux de l'Oder le 27 Avril 1785.

Elle gravait deſſous, ces mots avec délices:
Charité maternelle (o) & *conſolans Hoſpices* (p) ,
Philantropes divins (q) ; *bienfaiſante Union* (r)
Et *des Aveugles - nés noble Inſtitution* (s),
Puis entourait de fleurs avec reſpect un buſte.
Au bas était écrit : *Au Bienfaiteur auguſte.*
Près d'elle ſont les plans de ces aſyles ſaints,
Qu'elle ouvrira bientôt aux malheureux humains.
Sa préſence ſemblait ranimer la Nature ,
Et pour la Vérité c'eſt d'un heureux augure.

Le ſuperbe Palais élevé pour les Rois,
Enfin s'offre à ſes yeux pour la premiere fois ,
Mais la Diſcorde affreuſe & la Haine irritée ,
Que ſeconde l'Envie , en défendent l'entrée.
Sous les trais d'un Viſir, la Vengeance en ſes mains
Tient de fatals cordons, des ordres inhumains.
Déja la Haine allait ouvrir les triples portes
De ſes cachots profonds qu'entourent ſes cohortes.
L'Erreur , au nom du Ciel, l'arrête , & c'eſt en vain.
La Vérité triomphe , ainſi veut le Deſtin.

(o) Secours donnés aux meres par le ſexe le plus ſenſible.

(p) Etabliſſement que nous devons à la bienfaiſance de Madame Necker.

(q) Union judiciaire pour les pauvres plaideurs.

(r) Société Philanthropique dont notre ſiecle ſe glorifie & qui ſait honte à tous nos futiles établiſſemens, tel que celui de la Loge Olimpique, qui dépenſe plus de 60,000 livres à des Concerts, &c. On donne vingt louis à des Cantatrices, mais on refuſe du pain à un pauvre.

(s) Inſtitution des Enfans-Aveugles : elle fait honneur à l'homme inſtruit qui en eſt l'auteur.

Par l'illuftre Faveur la Déeffe conduite
Devant le Souverain eft bientôt introduite,
Sa préfence foudain y porte la terreur...
O Rois, que je vous plains ! tel eft votre malheur,
La Vérité pour vous eft toujours déguifée.
Ne peut-elle arriver au Trône que voilée ?

Le Monarque étonné frémit à fon abord.
Auffitôt la Déeffe arrache fans effort,
Et mafque & vêtemens impofteurs & finiftres.
Le Menfonge tremblait ainfi que fes Miniftres ;
Sans ornemens enfin l'augufte Vérité
Paraît, telle qu'aux Cieux, dans toute fa beauté.
Dieu ! quelle majefté ! d'une clarté fuprême
Elle brillait alors. L'immortel diadême,
Fait pour les Déités, ceint fon front radieux...
Ses Ennemis pouffant des hurlemens affreux,
Ne peuvent foutenir l'éclat de fa lumiere ;
Confondus, terraffés, ils mordent la pouffiere.
Tel l'impie effréné qui blafphéme les Dieux,
Sous leur foudre en tremblant baiffe un front orgueilleux.

Des perfides Flatteurs tu diffipes la foule,
O Vérité puiffante, & leur Trône s'écroule.

Tu foulais à tes pieds, ô Roi, ces Grands fi fiers !
Vous, qu'il aime, à fon cœur vous devenez plus chers.
A la droite du Prince eft la PHILOSOPHIE,
A côté d'Elle on voit ce bienfaifant GÉNIE,
Notre Dieu tutélaire, & du Peuple & des Rois
Le vertueux ami, le protecteur des Lois.

Mais de ſes doux rayons la Déeſſe environne
Le Monarque adoré, que Minerve couronne...;
Ah ! comment retracer les tableaux enchanteurs
Qu'elle t'offrait, ô toi qui regne ſur nos cœurs?...
Le Bonheur qui deſcend des voûtes azurées
A tes vœux ranimant ces brillantes contrées.
La Liberté briſant de nos Tirans les fers ;
Et l'homme enfin ſe dit le Roi de l'Univers....;
Les Dieux t'applaudiſſant du ſéjour du tonnerre...
Ciel ! que d'infortunés qui du ſein de la terre,
Et ſortant, tout-à-coup, s'élevent à ta voix !
Un Peuple immenſe enfin, renaiſſant ſous tes loix,
Tend les bras vers un Pere...Ah ! quel concert ſublime
D'alégreſſe & d'amour ! D'une voix unanime,
Ils béniſſent ton nom & chantent tes bienfaits.
Oui, tes Sujets heureux, réunis à jamais,
Ne compoſent alors qu'une même famille
Par-tout, dans tous les cœurs le plus doux eſpoir brille (t).
L'utile Laboureur déſormais ſoulagé,
Dans ſes nobles travaux ſe voit encouragé;
A ſes fertiles champs la Bienfaiſance veille.
Sous le ruſtique toît où la Candeur ſommeille,
Reparaîtront encor la naïve gaîté,
Les champêtres plaiſirs & la félicité.

(t) Quel eſt le Français qui a pu voir ſans attendriſſement l'auguſte Proceſſion du lundi 4 Mai? Un Roi juſtement adoré, qu'entouraient les Repréſentans de la plus loyale, de la plus fidele des Nations, conduit au Temple de l'Eternel aux acclamations de tout ſon Peuple. Quelle joie était répandue ſur les traits du Monarque ! Ce jour était pour lui le plus beau de ſa vie, il a vu combien il eſt aimé.

O Tirans abhorrés ! Souverains fanguinaires,
Couronnés de lauriers, teints du fang de vos freres,
Envahiffez, régnez fur des champs dévaftés:
AUGUSTE eft adoré, vous êtes déteftés ;
AUGUSTE, dont nos fils chériront la mémoire,
A faire des heureux met fon bonheur, fa gloire.

Mais, ô fenfible Roi, ton augufte bonté
Sur le Trône demande en vain la Vérité !
Quoi ! notre efpoir, ô Dieu ! ne ferait-il qu'un fonge ?
Et du voile honteux, de l'Erreur, du Menfonge,
L'homme timide encor eft-il enveloppé ?
Eh quoi ! le Philofophe en vain l'a foulevé !..
Viens, viens, ô Vérité diffiper nos ténebres,
Et la fauffe lueur de ces lampes funebres,
Que des fourbes puiffans, prétendant éclairer,
Ne portent fur nos pas que pour nous égarer.
Parais, ô Vérité, bienfaifante, immortelle ;
Oui, pour notre bonheur le Monarque t'appelle.

F I N.